AF498012

RAISONS TIRE'ES DES CONCILES ET DES DECRETS DES PAPES;

Pour monstrer que les Prestres de la DOCTRINE CHRES-TIENNE *des Maisons de S.* CHARLES *& de S.* IVLIEN *de Paris ont encouru l'excommunication.*

PREMIERE EXCOMMVNICATION.

'EST vne verité constante parmy tous les Docteurs, qu'on ne peut establir de nouueaux Instituts de Religion dans l'Eglise sans l'approbation expresse du S. Siege, & que tous ceux qui entreprennent de les establir de leur propre autorité, encourent l'excommunication fulminée dans le Concile general de Lyon ª au chap. qu'il a fait côtre les Institutions des nouueaux Ordres, pour renouueler & confirmer la defence qui auoit desia esté faite au Concile general ᵇ de Latran, de ne plus inuenter à l'auenir de nouuelles Religions; & partant on ne peut douter que les Prestres de la Doctrine Chrestienne des Maisons de S. Charles & de S. Iulien n'ayent encouru l'excommunication, puis qu'ils qualifient leur Congregatiõ de nouueau corps de Religion, & d'Ordre de S. Augustin, tant dans leurs ᶜ Constitutions, que dans les ᵈ actes iudiciaires les plus

ª Religionum diuersitatem nimiã, ne confusionem induceret, generale Concilium consulta prohibitione vetauit; sed quia non solum importuna petentium inhiatio, illaru ᵮ postmodum multiplicationem extorsit, verumetiam aliquorum præsumptuosa temeritas; diuersorũ ordinum præcipuè mendicantium, quorum nondum approbationis meruere principium effrænatam quasi multitudinem adinuenit, repetita constitutione districtius inhibentes ne aliquis de cætero nouum ordinem aut religionem adinueniat, vel habitum nouæ Religionis assumat cunctas affatim religiones & ordines mendicantes post dictũ Concilium adiuuentes, qui nullam confirmationem Sedis Apostolicæ meruerunt, perpetuæ prohibitioni subiicimus & quatenus processerant reuocamus, & nihilominus contrarium facientes, sententiam excommunicationis incurrant. Concil. general. Lugdun sub Gregor. X.

ᵇ Ne nimia Religionum diuersitas grauem in Ecclesiam Dei confusionem inducat, firmiter prohibemus ne quis de cætero nouam religionem inueniat, sed quicumque ad religionem conuerti voluerit, vnam de approbatis assumat. Concil. general. Lateranens. sub Innocent. III.

ᶜ Le liure de ces Constitutions porte pour titre, *Constitutiones Clericorum Regularium Congregationis Doctrinæ Christianæ*: L'Epistre liminaire commence par ces paroles. *Nouum Corpus Religionis nouis legibus egebit.* Et la Preface du second Liure des mesmes Constitutions commence ainsi, *Licet sub Regula D. Augustiniã sancta Sede reponamur, quia tamẽ omnia quæ ad vitã Regularis pertinent institutum Regulæ præceptis explicari non possunt, &c.*

ᵈ Ils prennent cette qualité dans l'Arrest du Parlement du 6. Septemb. 1653. & dans les Arrests du 5. de Feurier, & du 1. de Iuin 1654. & tout nouuellement ils ont indiqué & conuoqué vn pre-

tendu Chapitre Prouincial sous la
qualité de *Superieur General & Prouincial de la Congregation des Clercs
Reguliers de la doctrine Chrestienne.*
* Il y a vn escriteau en lettres d'or
au frontispice de l'Eglise de S. Iulien qui porte ces mots, *Les Clercs
Reguliers de la Doctrine Chrestienne
instituez par le B. Cesar du Bus.*

f Eandemque primo dictam Congregationem in suum pristinum, &
cum in quo ante vnionem prædictã,
iuxta laudabile eius institutum ab
eodem Clemente prædecessore ap-
probatum, quomodolibet erat sta-
tum reponimus, restituimus,& ple-
narie reintegramus.

solemnels, & qu'ils font paroistre iufques sur le ᵉ frotispice de leur Eglise, les
marques indubitables d'vne Congregation vrayment reguliere, non seulement
sans aucune permission du S.Siege, mais
mesme contre l'expresse defense, qui leur
en a esté faite par trois Brefs Apostoliques, qui declarent l'estat de leur Congregation purement seculier.

Le premier de ces Brefs fut expedié en
l'année 1647. sur la demande, & à la requeste des Procureurs qu'ils auoient enuoyez eux-mesmes vers sa Sainteté, en
vertu d'vne procuration du 8. Septemb.
1646. donnée en leur assemblée prouin-
ciale de Narbonne, *de communi consensu
& nemine discrepante,* en presence de M.
l'Archeu. de Narbonne, & de M. l'Eué-
que d'Alets, Commissaires deputez par
le Roy pour presider en cette Assemblée;
Ce qui est d'autant plus à remarquer,
qu'ils ne peuuent pas dire que ce Bref ait
esté obtenu par leurs parties. Voicy
donc ce qu'il decerne touchant l'estat auquel doit viure à l'auenir cette Congregation f; *Nous remettons, restituons, & ré-
tablissons plainement la Congregation de la
Doctrine Chrestienne dans le premier estat
auquel elle estoit auant que d'estre vnie &
incorporée à la Congregation des Religieux
de Somasque, selon son loüable institut ap-
prouué par le Pape Clement VIII. nostre
Predecesseur.* Ne peut-on pas dire de ces
paroles auec Tertullien, qu'elles sont
escrittes auec le rayon du Soleil, tant
elles sont claires? Et tous ceux qui sça-
uent que la Congregation de la Doctrine
Chrestienne a esté instituée pas le vene-
rable Pere Cesar de Bus en Corps de

Preſtres Seculiers, que le Pape Clement VIII. par ſa Bulle de 1597. les confirma & approuua dans cét eſtat, que les Lettres patentes meſme de leur eſtabliſſement en France du 2. d'Octobre 1610. [g] les obligent d'y demeurer, & qu'ils ont veſcu côme ſimples Preſtres long-temps apres la mort de leur Fondateur, ayant meſme reſolu dans l'Aſſemblée generale tenuë en Auignon le 29. de Sept. 1611 [h]. de demeurer touſiours dâs la Hierarchie de l'Egliſe, & ſous la iuriſdiction des Ordinaires; peuuent-ils douter que le Pape par ces paroles, *Nous remettons, reſtituons & rétabliſſons plainement la Congregation de la Doctrine Chreſtienne dans ſon premier eſtat, &c.* n'ait rétably cette Congregation dans l'eſtat ſeculier? & peut-on ſans forcer le ſens d'vne declaration ſi expreſſe l'entendre d'vne autre maniere?

Cependant quoyque ces Preſtres n'ignoraſſent point la verité de tout ce fait, & qu'ils ſçeuſſent mieux que perſonne l'hiſtoire des commencements, & du premier eſtat ſeculier de leur Congregation; & bien que le Bref meſme dont il s'agit contienne expreſſément dans [i] ſon expoſé, que ſon premier eſtat eſtoit ſeculier, ils ont fait ſemblant de l'ignorer, dés qu'ils ont apperceü que la deciſion qu'ils auoient demandé au Pape eſtoit contraire à leur intention, & ils ont cherché de l'obſcurité dans la lumiere, taſchant de perſuader à tout le monde que cette declaration ſi claire n'eſtoit point deciſiue de l'eſtat ſeculier de leur Congregation, & que le Pape n'y ayant pas inſeré les mots formels d'eſtat ſeculier, n'auoit pas

---

[g] A la charge de demeurer ſous la iuriſdiction & obeïſſance des ordinaires des lieux où ils ſeront eſtablis.

[h] La principale fin de cette Congregation eſt d'ayder l'Egliſe, en imitant le plus parfaitement qu'on pourra le tres ſaint Ordre de S. Pierre, comme le premier immediatement inſtitué de Ieſus-Chriſt pour le regime & gouuernement de tous les fideles Chreſtiens, & par conſequent le plus vniuerſel, le plus neceſſaire, & le plus important de tous les autres Ordres; & pour ce pretendons de demeurer touſiours dans la Hierarchie dudit Ordre & Egliſe, & ſoubs la iuriſdiction des Ordinaires. Premier ſtatut de la Congregation generale tenuë en Auignon le 29. de Septemb. 1611.

[i] Vna pia diuerſarum perſonarum tam Laïcarum quam Eccleſiaſticarum Sæcularium Congregatio.

eü intention de declarer leur Compagnie seculiere. Voila en peu de mots ce qui est à remarquer sur le premier Bref qui declare cette Congregation seculiere, & sur l'étrange procedé de ces Prestres, qui ont eü assez de temerité, aprés vne declaration si solemnelle (qui n'a pas esté renduë sur la Requeste, ny à la poursuitte d'aucune de leurs parties, mais sur la demande qu'ils ont fait eux-mesmes au Pape de sa volonté ') de continuer à maintenir dans leur Compagnie l'estat regulier, d'enuoyer aux Ordres soubs tiltre de pauureté, de donner l'habit de Religion, de receuoir à profession solennelle, & en vn mot, d'exercer dans le public & dans le particulier, au grand scandale de l'Eglise, toutes les fonctions d'vne Congregatiō vrayment reguliere.

Il ne faudroit pas sans doute d'autre preuue de leur excommunication qu'vn attentat si visible contre le Decret du S. Siege, en vne matiere de cette nature; mais pour ne laisser aucun lieu à la tergiuersation, & pour monstrer que leur des-obeïssance passe iusques à la rebellion, & à la coutumace, il faut sçauoir qu'apres auoir interpreté à leur volonté, & à contre-sens, la declaration du Pape, ils se sont auisez, dans le dessein qu'ils auoient de surprendre sa iustice, de s'adresser derechef à sa Sainteté, faisant semblant de luy demander l'interpretation de son Decret, & de se vouloir soúmettre à tout ce qu'il en ordonneroit; C'est pourquoy dans l'Assemblée generale qu'ils firent au mois de Nouembre 1647. ils deputerent en Cour de Rome l'vn d'entr'eux nommé François Barrault, pour en obtenir vne nouuelle & plus claire explication, *in nouam aut clariorem breuis explicationem*; Ce qui donna lieu au Pape, pour les ramener à leur deuoir, de les escouter, tant de viue voix que par escrit, sur les raisons qu'ils pretendoient auoir en faueur de la regularité, & de declarer sa volonté pour vne seconde fois, en interpretant les termes de son premier Bref, qu'on auoit voulu faire passer pour obscurs.

---

x On est prest de faire voir la liste de plus de quarante, entre plusieurs autres, qui ont esté receus à profession, tant en Gascogne qu'en Prouence, sous l'autorité du pretendu General qui reside à S. Charles, plusieurs desquels ont esté enuoyez aux Ordres soubs titre de pauureté: Et bien que ce pretendu General, ny les autres de sa faction, n'osent receuoir personne à profession dans Paris, à cause de la defence qui leur en a esté faite par l'Arrest d'Audiance du 1645. ils ne laissent pas de donner l'habit de Religion & la Ceinture de S. Augustin, auec les mesmes solemnitez qu'ils auoient accoustumées auant la declaration de leur estat seculier; ce qui est vne contrauention speciale contre le Ch. que nous auons cité du Concile de Lion, qui defend sous peine d'excommunication de prendre l'habit d'vne Religion qui n'est pas approuuée.

obſcurs. Voicy les propres termes de
ſa declaration expediée en forme de Bref
le 30. d'Aouſt 1652. [a] *Apres auoir oüy l'v-
ne & l'autre partie, & apres auoir pluſieurs fois & meurement diſcuté toute l'affaire, & en nous arreſtant aux premieres
Lettres ſuſdites de 1647. nous declarons
que ladite Congregation de la Doctrine
Chreſtienne du Royaume de Frāce a eſté re-
duite en vertu deſdites Lettres dans l'eſtat
de* CONGREGATION SECV-
LIERE.

Apres vne declaration ſi expreſſe & ſi
authentique, n'y auoit-il pas lieu de
croire que des perſonnes qui auroient
encore conſerué quelque reſte de pieté
& de reſpect pour le S. Siege, auroient
ceſſé de continuer dans leur rebellion?
ſur tout apres auoir demandé eux-meſmes à ſa Sainteté la reſolution des doutes
qu'ils auoient formez ſur ſa premiere declaration, & apres auoir déduit toutes les
raiſons qu'ils auoiēt à produire en faueur
de leur pretenduë regularité; toutesfois
tant s'en faut que cette declaration les
ait détourné de leur premiere entrepriſe,
qu'au contraire, ils s'y ſont dauantage
fortifiez; de ſorte que voyants que la
Cour de Rome ne fauoriſoit pas leur
deſſein, ils ont tenté des moyens plus
violents & plus indignes de leur caracte-
re, [b] en appellant comme d'abus au Parlement de Paris de cette nouuelle declaration du Pape pour l'eſtat ſeculier de
leur Congregation : mais cette auguſte Compagnie, beaucoup plus
reguliere dans ſes Arreſts, que ces pretendus Reguliers ne le ſont
dans leurs actions, rendit vaine leur entrepriſe, en refuſant de prendre connoiſſance d'vne cauſe purement Eccleſiaſtique, & en les ren-
uoyant vers noſtre S. Pere le Pape, pour eſtre reglez par ſa Sainteté

B

[a] Partibus hinc inde auditis, reque pluries & maturè diſcuſſa ac inhærendo literis noſtris prædictis ſupradictam Congregationem Doctrinæ Chriſtianæ dicti regni ... .. vigore prædictarum noſtrarum literarum fuiſſe redactam *ad ſtatum* CONGREGATIONIS SÆCV-LARIS.

[b] Cét appel eſt enoncé dans l'expoſitif de l'Arreſt du Parlement du 6. Septemb. 1653.

fur l'état de leur Compagnie.

Mais bien que cét Arreſt ne fauoriſaſt point la rebellion de ces Preſtres , puis qu'il les renuoyoit au iuge ſouuerain duquel ils auoient mépriſé les Decrets , il leur feruit neanmoins d'vn pretexte fpecieux pour prefenter derechef leur Requeſte à ſa Sainteré , comme en effet le P. Hercules Audifred chef de toute cette faction ſouz la qualité de Procureur general de tout le corps la prefenta , non plus pour demander l'explication de la derniere declaration de fecularité, qu'il voyoit bien eſtre trop claire pour faire ſemblant d'en douter , ſans prejudicier au deſſein qu'il auoit d'obtenir vne nouuelle audience , mais feulement par voye de fupplication & de remonſtrance , par leſquelles il demandoit par grace au Pape ce qu'il auoit déja pluſieurs fois refuſé par iuſtice. Il employa pour cette fin le credit des premieres puiſſances du Royaume , & produiſit meſme des lettres de recommandacion de ſa Majeſté , pour engager plus facilement ſa Sainteté à luy accorder ſa demande , il prefenta les Lettres de pluſieurs Prelats de France dont il auoit furpris la Religion & la pieté touchant l'eſtat de cette Congregation , par leſquelles il faiſoit voir qu'ils la reconnoiſſoient pour vn corps regulier dans leur Dioceſe ; & il euſt aſſez de pouuoir ſur l'eſprit de M. l'Eueſque de Lodeue, qui eſtoit alors à Rome, pour l'engager à la ſollicitation de cette affaire , qu'il alla recommander en perſonne chez tous les Cardinaux qui en deuoient eſtre les Iuges.

Toutes ces choſes luy faciliterent l'accez auprés de ſa Sainteté, & furent aſſez puiſſantes pour luy faire obtenir la grace d'eſtre ouy tout de nouueau ſur les demandes contenuës en ſa Requeſte : de forte qu'ayant obtenu cette grace par vn refcrit du 25. de Février 1654. pluſieurs Congregations de Cardinaux furent tenuës pour examiner ſadite Requeſte , & pour entendre ſes raiſons par luy-meſme, tant de viue voix que par écrit, ce qui dura enuiron huit mois, apres quoy le Pape ayant entendu la relation des Cardinaux ſur cette Requeſte , donna ſa derniere refolution, qui fut expediée en forme de bref le 30. de Nouembre de la meſme année , par laquelle il declare en termes formels, que *s'arreſtant au ſuffrage d'vne Congregation particuliere,* [d] *qu'il a ſpecialement deputée pour la connoiſſance de ladite affaire, & aux refolutions qui ont eſté cy deuant*

[d] Inhærendo voto particularis Cô-gregationis fuper eiufmodi nego-tio à nobis fpecialiter deputatæ, necnon refolation' m alias actis fu-per feculartate prædictæ Congre-gationis doctrinæ Chriſtianæ in

faites touchant l'eſtat ſeculier de ladite Con-
gregation de la doctrine Chreſtienne en
France , & qui ont eſté approuuées tout de
nouueau apres auoir entendu l'vne & l'au-
tre partie , il iuge qu'il faut executer ſes let-
tres en forme de bref des années 1647. &
1652. qui declarent ſeculier l'eſtat de ladi-
te Congregation. Mais ce troiſiéme bref
ſi clair, ſi deciſif & ſi ſolemnel , donné auec tant de connoiſſance
de cauſe , apres auoir oüy tant de fois les raiſons de ces Preſtres
par la bouche & par les eſcritures de leur Procureur, n'a rien di-
minué non plus que les deux precedents , de leur premiere rebellion , & n'ont pas laiſſé de continuer dans leurs fonctions ac-
couſtumées , & de faire toûjours paſſer dans le public leur Congregation pour Reguliere , comme ils font encore aujourd'huy ,
ainſi que nous l'auons monſtré au commencement de cét écrit.

Gallia , ac denuo vtraque parte informante approbatis , predictas noſtras in forma breuis literas anni 1647. & 1652. eiuſmodi ſecula-ritatem declarantes exequendas eſſe cenſemus.

SECONDE EXCOMMVNICATION.

APrés vne rebellion ſi opiniaſtre contre trois brefs Apoſtoliques , & aprés vn mépris ſi temeraire des ordres du S. Siege ,
y a-t-il le moindre ſujet de douter qu'ils ne ſoient liez d'anatheme ? puiſqu'outre l'excommunication qu'ils ont notoirement en-
courué portée par le Concile de Lyon contre ceux qui oſent faire des eſtabliſſemens reguliers ſans la permiſſion du S. Siege , ils
font encore tombez dans celle qui eſt
fulminée au Concile Romain tenu ſouz
le Pape Nicolas I. ᵉ contre ceux qui ſe
reuoltent auec mépris contre les Decrets
& les Ordonnances des ſouuerains Pon-
tifes faites pour empeſcher les deſordres
qui ſont preſents ou qui peuuent arri-
uer dans l'Egliſe. Car ſi apres trois declarations renduës les parties ayant eſté
tant de fois oüyes , ſi apres trois brefs
apoſtoliques ſi exprés pour l'eſtat ſeculier de la Congregation de la doctrine
Chreſtienne , on peut excuſer de mépris

ᵉ Si quis dogmata , mandata , in-
terdicta ſanctiores vel decreta , pro
Catholicæ fidei diſciplina proemen-
datione ſceleratorum *pro vitendi-*
ctione præſentium vel futurorum ma-
lorum , à Sedis Apoſtolicæ præſide
ſalubriter promulgata contempſe-
rit , anathema ſit. *Concil. Rom.*
ſub Nic. I. c. vltimo.

& de contumace les Preſtres des maiſons de S. Charles & de S. Iulien qui continüent malgré le Pape de faire paſſer dans le public
& dans le particulier leur Congregation pour Reguliere, il eſt certain qu'il n'y a point d'heretiques ny de ſchiſmatiques qu'on ne
puiſſe aiſément excuſer de mépris contre le S. Siege, puiſque les
vns & les autres ne le mépriſent que par la rebellion ouuerte contre ſes Decrets, & par la volonté opiniaſtre de n'y point deferer.

Ie veux accorder à ces Preſtres qu'il n'y euſt point encore de
mépris dans leur deſobeïſſance, quand dans leur aſſemblée pretenduë generale de 1647. ils expliquerent à leur mode & à contre ſens la premiere declaration du Pape, qui eſtoit ſi expreſſe
pour l'eſtat ſeculier de leur Congregation; Quand ils ont proſcrits
ceux qui s'oppoſoient à leur fauſſe interpretation, qu'ils les ont
obligez par leurs vexations & leurs mauuais traitemens de ſortir
de leurs maiſons pour ſe mettre à l'abry de leurs perſecutions ſouz
la protection de Monſeigneur l'Archeueſque de Paris, [par l'autorité duquel ils ont demeuré iuſqu'à preſent dans les principales
Paroiſſes de cette Ville, dans leſquelles ils exercent toutes les fonctions eccleſiaſtiques, & principalement celles de leur Inſtitut,]
qu'ils les ont excommuniez, empriſonnez & priuez meſmes des
Sacremens & du S. Sacrifice de la Meſ-
ſe; & quand enfin ils les ont fait paſſer
dans le public pour des diſcoles, des
ſcelerats, opiniaſtres, incorrigibles & per-
turbateurs du repos de toute leur Congregation. [Car c'eſt ainſi qu'ils les trai-
tent dans leur fauſſe f Bulle, dont il ſera
parlé cy-apres.] Ie veux, dis-je, leur accorder que leur interpretation quoy que
frauduleuſe & pleine de malice, aye pû
alors les excuſer du mépris qu'on appel-
le formel; mais aujourd'huy qu'aprés la
demande qu'ils ont faite eux-meſmes au
Pape de ſa volonté, g & apres la proteſtation qu'ils ont faite à la Congregation
des Cardinaux de s'y ſoumettre auec hu-
milité, ſa Sainteté s'eſt expliquée ſi net-
tement, qu'eux-meſmes n'oſeroient faire ſemblant de douter de ſa volonté,

apres

f Nihilominus aliqui primo dictæ
Congregationis diſcoli, ad conſo-
uendam ſuam pertinaciam & eui-
tandam delictorum ſuorum corre-
ctionem ac perturbandam quietem
totius primodictæ Congregationis
vnanimiter regularitatem reſpiran-
tis.

g Cette proteſtation paroiſt dans la
ſupplique preſentée par le P. Her
cules à la Congregation des Cardinaux, & examinée par la meſme
Congregation le 4 de Septembre
1654. qui commence *Religioſi Do-*
ctrinæ Chriſtianæ in Gallia, vt poſſint
tutius & facilius ſuæ ſanctitatis vo-
luntatibus obedire poſtulant humili-
ſer, &c.

apres auoir renouuellé leur protestation deuant M. l'Archeuesque de Bourges Commissaire Apostolique, & promis d'y obeïr sincerement, [h] luy ayant pour cette fin demandé vn acte de leur soumission, continuer hautement à qualifier leur Congregation de reguliere, persister dans les premieres appellations qu'ils ont faites au Parlement contre les Brefs de leur secularité, [i] poursuiure & obtenir, comme nous monstrerons cy-apres, la cassation de toutes les procedures faites en execution desdits brefs par le Commissaire Apostolique, sans qu'il ayt esté appellé ny oüy pour deffendre l'equité & la iustice de son procedé ; auoir la hardiesse de luy faire signifier l'Arrest de cassation de toutes ses Ordonnances ; s'opposer au sceau des lettres patentes qu'ils estiment necessaires pour leur execution ; empescher par Arrest du Conseil priué donné souz simple Requeste le 22. de Février 1655. que le Parlement, qu'ils ont eux-mesmes saisi de toute l'affaire, n'ordonne l'enregistrement desdits brefs, en faisant faire deffense à ceux qui en poursuiuent l'execution de se pouruoir ailleurs qu'audit Conseil, & enfin passer iusqu'à cét excez d'injustice que de leur voûloir oster des mains le dernier bref, qui declare & confirme l'estat Seculier de leurdite Congregation, pour en empescher tout à fait l'execution : apres, dis-je, tous ces excés dont nous reseruons à faire la preuue cy-apres, & toutes ces violences contre l'autorité du S. Siege qui blessent également toutes les loix naturelles & positiues, qui pourra excuser de mépris & de contuma-

[h] Cét acte fut accordé au pretendu general nommé de Breux le de May 1655.

[i] Ces procedures sont la fulmination des trois brefs qui declarent seculiere la Congregation de la Doctrine Chréstienne, & l'election prouisoire d'vn General canonique & legitime auec son definitoire establi & reconnu dans la maison d'Auignon, premiere & matrice de toute la Congregation.

C

ce, la defobeïffance de ces Preftres, fans donner vne entiere liberté de fe ioüer à l'auenir des Ordonnances les plus facrées de l'Eglife?

Si le Pape Iean XXII. declara excommuniez tous les fauteurs & les fectateurs de l'Ordre pretendu des Fratricelles, mefme les Prelats qui les fouffriroient dans leurs Diocefes, pour cette feule raifon [k] *que contre les Canons des Conciles de Latran & de Lyon, ils auoient prefumé par vne temerité blamable de prendre l'habit d'vne nouuelle Religion, de faire des Congregations & des Conuenticules, s'élire à eux-mefmes des Superieurs, admettre plufieurs perfonnes dans leur jecte, prendre de nouuelles maifons pour y viure publiquement en commun, comme fi leur fecte euft efté du nombre des Religions approuuées par le S. Siege,* auec combien plus de iuftice pouuons-nous affeurer que les Preftres des maifons de S. Charles & de S. Iulien ont encouru l'excommunication? puifque leur temerité ne les porte pas feulement à entreprendre fans la permiffion du S. Siege de faire les mefmes chofes que ces Fratricelles, mais qu'ils ofent les faire contre fa deffenfe fi expreffe & tant de fois confirmée. Certes nous pouuons dire à bon droit qu'ils font beaucoup plus dignes de punition, puifque fi en ce temps-là ces Fratricelles eurent affez de temerité pour eftablir vne nouuelle Religion fans la permiffion du S. Siege, ils n'en eurent point affez pour continuer dans la defobeïffance aprés fa prohibition, comme font aujourd'huy ces Preftres qui ne font point de difficulté depuis prés de dix ans de faire paffer leur

[k] Contra dictos canones habit[um] cuiuf[que] Reli[gio]nis affumere, Congreg[ati]ones & con[uen]ticula facere, & fuperiores fibi ipfis eligere, pluimos ad eorum, ritum recipere, & loca de nouo conftruere feu conftructa recipere, in quibus habitam in communi, publicè iudicare quafi eorum fata fore vna de religionib[us] et Sedem Apoftolicam approbatis temeritate damnabili præfumpferunt & præfumunt etiam inceffanter.... Epifcopos quoque & eorum Superiores, & etiam alios prelatos quofcunque qui prædictis perfonis vel aliis ritum viuendi & habitum fupradictos præter fpecialem Apoftolicæ Sedis autoritatem deinceps concefferint, prædictæ excommunicationis pœnæ ipfo iure decernimus fubiacere, dignum eft enim vt adulterinas plantationes, quas non pater cœleftis fed humanæ temeritatis audacia plantat, Apoftolici culminis cenfura diuellat, nec patiatur in agro dominico peruerfæ Congregationis vepres excrefcere, cui proprium eft diuina opitulante gratia virtutes ferere, ac vitia radicitus extirpare. Nulli ergo, &c. Dat[um] in Auin. 3. Cal. Ian. [Poteft]at[is] n.2. Ioan.22. in extrau. de Religiofa domibus cap. vnico.

Congregation pour Reguliere, nonobſtant les trois brefs Apoſtoliques qui declarent ſon eſtat Seculier.

Ie ſçay bien que pour ſe deffendre du crime d'vne rebellion ſi
ſcandaleuſe, & d'vn ſi pernicieux exemple pour le public, ils taſ-
chent de ſe couurir du pretexte ſpecieux des priuileges de l'Egliſe Gallicane, & qu'ils excuſent leur contumace ſur ce que ces
brefs qui declarent leur eſtat ſeculier ne ſont pas, à ce qu'ils diſent, receûs en France ; mais ils ne peuuent employer cette reſ-
ponſe auec aucune apparence de raiſon, puiſque, comme nous fe-
rons voir cy-apres, ce ſont eux-meſmes qui s'efforcent d'en empeſcher la reception par les differentes oppoſitions qu'ils y ont for-
mées, & partant ce pretendu defaut de reception doit plûtoſt ſeruir à condamner leur deſobeïſſance & leur rebellion qu'à les en
excuſer. Mais pour faire mieux connoiſtre leur injuſtice & la foi-
bleſſe de leur réponſe, c'eſt qu'ils ont toûjours iuſques à preſent
fait profeſſion ouuerte d'vne pratique toute contraire à ce qu'ils
appellent priuileges de l'Egliſe Gallicane, puiſqu'auant meſme que
le Pape eut declaré leur eſtat ſeculier, ils
ne faiſoient paſſer leur Congregation pour
reguliere qu'en vertu d'vn ¹ bref d'vnion
auec certains Religieux Hoſpitaliers d'I-
talie nommez Somaſques, & qu'ils ont
executé ce bref plus de vingt-trois ans
auant qu'ils euſſent obtenu des lettres
patentes pour ſon execution, & ſans que
iamais il ait eſté omologué en Parlement,
& partant ſans qu'il ait eſté receu en
France : & puiſqu'à preſent meſme, comme nous dirons cy-apres, ils n'ont pour
tître de la pretenduë regularité de leur
Congregation, que la fauſſe Bulle de
Maſcambruny, qu'ils ont auſſi executée
ſans aucunes lettres ny omologation : &
enfin puiſque tout nouuellement ils ont
executé vn pretendu ᵐ bref qu'ils ont obtenu par fraude en la daterie de Rome le
24. de Iuillet 1656. pour la prolongation
de leurs ſuperioritez iuſques au mois de
Février de l'année ſuiuante 1657. ſans

¹ Ce bref fut obtenu & executé en
l'an 1616. & n'a eſté reueſtu de lettres
patentes qu'en l'an 1643 leſquelles
furent reuoquées comme contraires aux droits du Royaume en l'an
1646. par Arreſt du Conſeil d'E-
ſtat du 22. de May.

ᵐ Ce pretendu bref, qu'ils ont obtenu le 24. de Iuillet 1656 pour la
prolongation de leurs Superioritez,
declare expreſſement que l'autorité
des Superieurs expirera incontin-nt
apres le mois de février de l'année
1657. eo menſe elapſo expiret comm-

dem Superiorum autoritas, & cependant contre cette declaration de leur propre bref, leur pretendu General nommé de Breux ne laisse pas sans autre formalité de continuer hardiment dans son Generalat; & il a esté assez temeraire pour indiquer de sa propre autorité par acte du 11. de Ianvier 1657 la conuocation d'vn Chapitre Prouincial souz la qualité de General de la Congregation des Clercs Reguliers de la Doctrine Chrestienne, auquel Chapitre tenu à Paris le 21. Fevrier suiuant, on a fait des Superieurs Prouincial & Locaux, & entr'autres on a establj pour Superieur de la maison de S Charles le nommé Fr Barraut, impetrant de la fausse Bulle dont il sera parlé cy apres. Tous ces attentats pleins de mauuaise foy, de reuolte contre le S. Siege, & de cabale manifeste, font assez connoistre que ces Prestres se iouent des Bulles du Pape, puisqu'ils les reçoiuent en ce qui fauorise leur ambition, & qu'ils les rejettent hardiment quand elles s'y opposent.

auoir obserué toutes ces formalitez, qu'ils font semblant d'estimer si necessaires pour l'execution des brefs Apostoliques concernants l'estat seculier de leur Congregation; il est donc euident qu'ils ne peuuent se seruir de cette response sans faire connoistre qu'ils ne defendent pas tant les priuileges de l'Eglise Gallicane que leur passion & leur contumace, puisqu'ils violent eux-mesmes auec tant de facilité les formalitez qu'ils pretendent estre fondées dans ces priuileges.

Mais pour faire voir auec plus de conuiction qu'ils disent sans fondement que les Brefs de leur secularité ne sont pas receus en France, & que cette réponse n'est qu'vn pretexte de rebellion; Il faut sçauoir que le Pape n'a declaré cette Congregation seculiere, qu'en vertu & ensuitte d'vn Arrest du Conseil d'Estat du 22. May 1646. donné de leur consentement mesme, sur la relation de Messeigneurs les Archeuesques de Toulouse & d'Arles, de M. le Doyen de N. Dame à present grand Vicaire de Monseigneur l'Archeuesque de Paris & pour lors Chancelier de l'Vniuersité, de M. le Curé de S. Nicolas du Chardonneret, de M. Charton grand Penitencier, & de M. Du Val Docteur & Professeur de Sorbonne, par lequel *sa Majesté estant en son Conseil, ordonne que les Peres de la Doctrine Chrestienne se pouruoiront pardeuant nostre saint pere le Pape, pour la decision des differents concernans l'erection de leur Congregation en Religion, & des professions qui y ont esté faites, auec declaration de l'estat & maniere en laquelle ils viuront à l'auenir*

en

pour le ſpirituel en leur Congregation , & partant c'eſt vne pure chi-
cannerie d'alleguer le deffaut de reception contre la declaration
faite par le Pape pour l'Eſtat ſeculier de la doctrine Chreſtiennne,
puiſque cette declaration eſt autoriſée par l'Arreſt du Conſeil
d'Eſtat , qui a remis au plein pouuoir de ſa Sainteté , de donner à
cette Compagnie tel eſtat qu'elle iugeroit à propos.

Certes il eſt bien eſtrange que des perſonnes qui ſe diſent regu-
lieres & immediatement ſoumiſes au S. Siege, ſe veuillent diſpen-
ſer de l'obſeruance de ſes Decrets par des raiſons ſi friuolles , &
qu'ils ayent recours aux priuileges de l'Egliſe Gallicane , veu
qu'on ne les a iamais mis en auant pour des affaires de cette nature, qui ne dépendent vniquement que de la volonté du Pape, ſans
laquelle il eſt certain que ny en France ny en aucune partie du
monde, on ne crée point de nouuelle Religion ; & il eſt bien plus
ridicule qu'ils alleguent ces meſmes priuileges au prejudice meſme de l'Egliſe Gallicane , puiſqu'ils s'en veulent ſeruir contre des
Bulles qui caſſent leur eſtat imaginaire
de Religion , les remettent ſouz la iuriſdiction * des Eueſques de France ſuiuant leur premiere inſtitution & le veritable deſſein de leur Fondateur.

* Dictoſque Clericos primodictæ
Congregationis Doctrinæ Chriſtianæ tutelæ & oui ordinariorum lo-
corum qui in omnibus iis quæ di-
cta exercitia ſpiritualia concernunt, in inſtruendis populis, concionibus habendis , & in exerci-
tio & adminiſtratione Sacramentorum immediat. procedere poſſint ſupponimus & ſubijcimus.

TROISIÉME EXCOMMVNICATION.

MAis c'eſt vn procedé ſans exemple , que pour ſe maintenir
auec impunité dans leur rebellion contre le S. Siege , ils
ayent recouru ſouz ce faux pretexte de priuilege, à la puiſſance des
Iuges Seculiers , & qu'ils ayent par ſurpriſe imploré leur pouuoir
pour empeſcher l'execution de ſes Decrets , & les Ordonnances
renduës en ſuite par les Commiſſaires Apoſtoliques , ſans appre-
hender la peine d'vne troiſiéme excommunication fulminée contre ceux qui empeſchent l'execution des Ordonnances des Iuges
eccleſiaſtiques, qui eſt rapportée par tous les Canoniſtes, & qui ſe
trouue au chap. *Quoniam de immunitate*
Eccleſiarum auec cette condition ſpe-
ciale ° *qu'on n'en pourra eſtre abſous*
qu'aprés auoir ſatisfait au Iuge duquel on

° Excommunicationi ſe ipſo facto
nouerit ſubiacere aqua niſi tam Iu-
dicialiter cognitio fuerit impedita

vel iurisdictio vsurpata, quam parti quæ turbata fuerit in prosecutione sui iuris de iniuria, damnis expensis & interesse prius per eundē fuerit satisfactum nullatenus absoluatur. ᵖ Manuel de Paris imprimé en 1653. page 467.

aura empesché ou vsurpé la iurisdiction, & à la partie qu'on aura troublé dans la poursuitte de son droit. ᵖ La mesme excommunication se fulmine tous les Dimanches aux Prosnes des Paroisses, principalement dans le Diocese de Paris en ces termes :

Nous denonçons pour excommuniez tous heretiques, tous simoniaques..... tous ceux qui malicieusement vsurpent ou retiennent les biens & droits de l'Eglise, empeschent sa iurisdiction..... telle maniere de gens demeureront maudits & excommuniez, iusques à ce qu'ils viennent à amendement, & soient absous de l'Eglise.

La premiere démarche qu'ils ont faite pour tōber dans cette cēsure si redoutable, a esté l'appel qu'ils ont interjetté du Bref Apostolique declaratif de leur secularité au Parlement de Paris, pour empescher & suspendre par ce moyen son execution; mais ce qui augmente l'iniustice de ce procedé, & qui aggraue notablemēt la cause de l'anatheme, c'est la protestation qu'ils auoient déja faite par acte capitulaire du 6. Aoust 1653. & qu'ils reïtererēt le 8. du mesme mois par vn autre acte Capitulaire deuant M. le Promoteur de l'Officialité de Paris, de se vouloir soumettre audit Bref & aux ordres de Monseigneur l'Archeuesque; Car s'ils ont encouru l'excommunication pour auoir empesché l'execution de ce Bref Apostolique, par le moyen d'vn appel si friuole & si injuste, combien plus iustement doiuent-ils passer pour excommuniez d'en auoir appellé & empesché l'execution aprés l'auoir si solemnellement accepté.

La seconde démarche a esté l'opposition qu'ils ont formé au sceau des lettres patentes du Bref de 1654. donné pour l'execution des Brefs de secularité des années 1647. & 1652. de laquelle opposition bien que ie n'aye pû recouurer aucun acte, ie ne laisseray pas neanmoins d'en produire vne preuue également conuaincante & authentique, tirée d'vne lettre escrite de la main propre de celuy qui se dit à present leur General, nommé de Breux, dattée du 15. de May 1654. les propres termes de la lettre sont ceux-cy. *Mon R. P. la moitié de nos apprehensions vient de se passer depuis que nous auons recouuré la copie de ce pretendu Bref dont nos parties faisoient tant de bruit; ils l'ont obtenu en qualité de Deputez & d'Officiers de la Congregation de la Doctrine Chrestienne & contre des aduersaires qu'ils qualifient* aliqui Presbyteri, *comme vous verrez par la copie que ie vous en enuoye, & laquelle nous deuons à la bonté de M. le Garde des Sceaux qui se declare ouuer-*

tement pour nous , par son conseil nous nous sommes opposez au Sceau qu'ils demandoient, & ie crois que cela les arrestera.

La troisiéme a esté la poursuitte, & l'obtention de l'Arrest du 1. de Iuin 1655. par lequel ils ont fait casser toutes les procedures faites par Monseigneur l'Archeuesque de Bourges Commissaire Apostolique en execution des trois Brefs de leur secularité, mesme de la fulmination & executiõ qui en a esté faite par son subdelegué dãs l'estenduë des terres du Pape, & principalement dans la maison d'Auignon chef & matrice de toute leur Congregation ; ce qui est vne entreprise manifeste & inoüye de ces Prestres, lesquels encore qu'ils pûssent auoir quelque raison apparente pour reclamer l'authorité des Iuges Seculiers contre l'execution des Decrets de sa Sainteté, & des Ordonnances de ses Cõmissaires dans l'estenduë du Royaume de France, en se couurant du pretexte specieux des priuileges de l'Eglise Gallicanne, il est certain toutefois & hors de toute contestation, que c'est vn attentat visible cõtre l'autorité du Pape, d'auoir procuré (sur tout par des faux exposez) des Arrests pour casser les procedures qui se sont faites par ses Commissaires, pour l'execution de ses Decrets dans les terres mesmes de son obeïssance ; Et ainsi quand nous auoüerions, ce qui n'est pas, que lesdits Prestres de S. Carles & de S. Iulien n'ont point encouru l'excommunication pour auoir empesché l'execution des Decrets du Pape en France, il n'y a point lieu de douter qu'ils ne l'ayent encouruë pour auoir entrepris de l'empescher dans les terres de son obeïssance.

L'euidence de cette derniere consequence a tellement frappé l'esprit de ces Prestres, qu'ils se voyent contraints d'auoir recours à la negatiue sur ce dernier chef, & soustenir hardimét qu'ils n'ont pas procuré cet Arrest de cassation, dans la crainte de passer dans l'esprit du monde pour ce qu'ils sont veritablement, c'est à dire pour des reuoltez contre le S. Siege, & pour des personnes retranchées de sa communion, & apprehendans que ceux qui frequentent leurs confessionaux, venans à connoistre leur mauuais estat, & leur deffaut de pouuoir & de iurisdiction pour le Sacrement de Penitence, ne les abandonnent, comme plusieurs personnes timorées & de qualité l'ont déja fait par auis des Docteurs; c'est pour ce sujet qu'écore qu'il soit visible qu'ils sont les veritables auteurs de la poursuite de cét Arrest, puisqu'il est tout en leur faueur, qu'il les maintiẽt dans les charges de Superieurs contre l'Ordonnance du Commissaire Apostolique qui en auoit establý d'autres par prouision, qu'il donne à

leur Congregation la qualité de Religion qu'ils vsurpent, qu'il quali-
fie ceux qui obeïssent au Bref du Pape de fugitifs & de perturba-
teurs de leur Congregation, qu'il ordonne que l'execution de l'Arrest se fera à la poursuite de leur Procureur general, & qu'enfin cét
Arrest n'a esté rendu que sur le veü de leurs propres pieces, qui ne
peuuent auoir esté produites que par eux-mesmes; ils ne laissent pas
pourtant d'employer les iuremens les plus sacrez pour se mettre à
couuert du soupçon de l'auoir poursuiui, & le pretendu general de
Breux, dont nous auons cy-deuant parlé, en écrit en ces termes au
Curé d'vne des premieres paroisses de Paris : *Ie ne doute pas, Mon-*
sieur, qu'on ne m'impute ou aux nostres tout ce qui est dans cét Arrest,
mais outre qu'il n'est pas donné à nostre Requeste, mais plûtost contre; DIEV
M'EST TESMOIN *que tant s'en faut que vous l'ayons demandé ny par nous*
ny par autruy, qu'au contraire nous auons
fait tout ce que nous auons pû pour le faire
donner comme il auoit esté 9 *minuté la pre-*
miere fois, dans la pensée que cela seruiroit
pour accelerer la fulmination & execution du
Bref..... & plus bas, la peine que ie souffre
de cét Arrest seruiroit de iustification enuers
tous ceux qui la connoistroient, & on ne croi-
roit iamais que ie sois l'auteur d'vne chose qui me donne tant d'affliction:
mais, Monsieur, ce n'est pas d'aujourd'huy que ie suis en butte à la calomnie,
& qu'on m'impute des crimes qui ne sont iamais venus en ma pensée.
Toute ma consolation EST QVE DIEV VOID LE FOND DE MON COEVR,
& la passion que i'ay de voir les Brefs executez & nostre obeïssance recon-
nuë; si sçay bien que les hommes me peuuent condamner pour vne chose
où ie n'ay rien contribué ny de fait ny de pensée, ie vous prie de croire
QVE IE NE MENTS POINT, ET QVE IE NE DESGVISE POINT LA
VERITE, ie me sens imparfait, mais ie ne suis pas effronté pour vous
escrire des mensonges.*

9 Il parle de la minute qui auoit esté faite par concordat du 27. May 1655 deuant M. l'Archeuesque de Bourges entre luy & le P. Thomet pour demander au Conseil l'execution du Bref dont est question.

A entendre parler de la sorte vn Religieux, Prestre, & Superieur
general de sa Religion, il semble d'abord que c'est vn innocent per-
secuté, & que c'est vne calomnie insupportable, & digne de punition de vouloir persuader que luy ou ceux de son party ayent iamais pris aucune part à l'Arrest qui a cassé les procedures du Commissaire Apostolique & de son subdelegué, & cependant outre ce
que nous auons remarqué cy-deuant touchant le contenu en cét
Arrest, qui fait assez voir qu'ils sont les auteurs de sa poursuite,
c'est

c'eſt la verité meſme, qui paroiſt par acte tres-authentique, que 15. iours auant cette lettre ce pretēdu General reſpōdit en preſence de Notaire au P. Thouret (qui le ſōmoit de dire ſi au prejudice du Concordat paſſé deuant Monſeigneur l'Archeueſque de Bourges le 27. May 1655. il pretendoit pourſuiure la ſignature de cét Arreſt) que pour luy il n'en pourſuiuoit pas la ſignature, *mais qu'il ne pouuoit pas empeſcher que ceux de ſon party ne la pourſuiuiſſent & ne s'en ſeruiſſent.* Et le 9. de Iuillet ſuiuant le meſme Arreſt fut ſignifié aux Peres Sauret & Thouret à leur Requeſte, comme il paroiſt par l'acte de la ſignification qui commence, *à la Requeſte des Religieux de la Doctrine Chreſtienne, &c.* De ſorte qu'il n'y a pas le moindre ſujet de douter, nonobſtant toutes ces proteſtations ſi ſolemnelles & tant de fois reïterées, que ces Preſtres n'en ayent pourſuiui l'execution, & partant qu'ils ne ſoient tombez dans l'anatheme porté contre ceux qui empeſchent la iuriſdiction eccleſiaſtique, & ſur tout contre ceux qui empeſchent l'execution des Bulles du Pape; & tous les iuremens & toutes les proteſtations contraires ne peuuent ſeruir qu'à faire connoiſtre leur mauuaiſe foy, puis qu'ils appellent ſi facilement Dieu à témoin de fauſſetez ſi viſibles.

[1] Cét acte eſt du 5. de Iuin 1655. paſſé pardeuant Gaudin Notaire Royal.

QVATRIE'ME EXCOMMVNICATION.

MAis puiſque nous en ſommes ſur la mauuaiſe foy de ces Preſtres, ie ne puis mieux conclure cét écrit que par la Bulle de Maſcambruny, l'vnique tiltre de leur Regularité pretenduë & tout enſemble la quatriéme & derniere cauſe de l'excommunication qu'ils ont encouruë, fulminée par le Pape Innocent III. contre ceux qui ſe ſeruent de fauſſes Bulles. Voicy les propres termes de cette ſentence Apoſtolique. [1] *Nous ordonnons encore, que vous ayez à publier la ſentence generale d'excommunication, & à en faire reïterer ſouuent la publication dans chaque Paroiſſe, à ſçauoir, que ſi quelqu'vn vient à connoiſtre qu'il ait entre ſes mains de fauſſes Bulles, que dans l'eſpace de vingt iours il les deſchire ou*

[1] Adijcientes ſtatuimus vt generalē excommunicationis ſententiam promulgetis, quam per ſingulas Parochias faciatis frequentius innouari, quod ſi quis falſas literas ſe habere cognoſcit, intra viginti dies literas illas aut deſtruat aut reſignet, ſi pœnam excommunicationis voluerit euadere, quam niſi forſan in mortis articulo, ſine ſpeciali mandato

E

noſtro à quoquam nolumus relaxa-
ri , nec etiamſi præſumpta fuerit
contra hoc abſolutio, quicquam ha-
beat firmitatis. *Iæ. III. rapporté au
5. des Decretales tit.20.*

Quoniam vero nonnunquam eue-
nit vt falſas literas exhibentes,poſt-
quam ſuper his fuerint redarguti,ad
excuſationem ſuam dicant, ſe literas huiuſmodi per alios impetraſſe;
de communi fratrum noſtrorum cõ-
ſilio duximus ſtatuendum, vt qui literis noſtris vti voluerint, eas primo diligenter examinent, quoniam
ſi falſis literis ſe vſos dixerint igno-
ranter, eorum ſera pœnitentia eui-
tare requbit; pœnas inferius annota-
tas: nos enim omnes falſarios lite-
ratum, qui per ſe vel alios vitium
falſitatis exercent cum fautoribus
& defenſoribus ſuis anathematis
vinculo decernimus innodatos.
Ibid. c. 7.

*les remette entre les mains des Superieurs ,
s'il veut euiter la peine de l'excommunication , de laquelle nous ne voulons qu'aucun
puiſſe abſoudre ſans noſtre ſpecial mandement,
ſi ce n'eſt en l'article de la mort, & qu'en cas
que quelqu'vn preſume d'en abſoudre contre
cette deffenſe, l'abſolution ſoit de nulle va-
leur.* Et en vn autre lieu le meſme Pape
prononce la meſme ſentence d'excommunication en ces termes, *parce qu'il ar-
riue quelquefois, que ceux qui produiſent de
fauſſes Bulles aprés en auoir eſté repris diſent
pour leur excuſe, qu'ils les ont obtenuës par
de tierces perſonnes, Nous, de l'auis commun de nos freres, auons iugé deuoir eſtre or-
donné, que ceux qui ſe voudront ſeruir de
nos lettres, ayent à les examiner auec ſoin,
parceque s'ils viennent à dire qu'ils s'en ſont
ſeruis par ignorance, leur penitence comme
trop tardiue ne leur pourra faire euiter les
peines cy-apres marquées ; Car nous declarons que tous ceux qui par eux ou par autruy
pratiquent le crime de fauſſeté auec tous leurs
fauteurs & protecteurs, ſont liez du lien de
l'anatheme.*

Ces deux ſentences Apoſtoliques rap-
portées par tous les Canoniſtes ſur cette
matiere , & receuës & approuuées par
l'vſage du Royaume, & particulierement
du Dioceſe de Paris , qui met cette excommunication au nombre des cas re-
ſeruez au Pape , ſont trop expreſſes &
trop claires pour qu'on puiſſe douter tant
ſoit peu, que les Preſtres des maiſons de
S. Charles & de S. Iulien n'ayent encouru l'excommunication , puiſqu'ils n'ont
preſentement pour titre de la regularité
pretenduë de leur Congregation, que la
fauſſe Bulle qu'ils obtindrent du Souda-

taire Maſcambruny en l'an 1651. & puis
qu'ils ont continué de s'en ſeruir depuis
meſme que le Pape , aprés " la delibera-
tion des Docteurs de Sorbonne, [qui en
auoient déja marqué les principales nul-
litez , par l'ordre exprés de Monſeigneur
l'Archeueſque de Paris] l'a condamnée
comme vn ouurage de tromperie, & comme contraire à la verité de ſes premiers
Decrets : depuis que le Scribe de cette
Bulle nômé le Goux en a declaré la fraude
par teſtament patibulaire, & comme elle
auoit eſté achetée à prix d'argent : depuis
que le ſuſdit Maſcambruny a eſté mis à
mort pour cette fauſſeté entre les autres,
ˣ comme l'a témoigné M. le Nonce Bagny
par ſon atteſtation du 23. d'Aouſt 1653.
depuis que François Barault leur Procureur , l'impetrant de ladite Bulle & à preſent leur Superieur, a eſté contraint s'en-
fuir de Rome , craignant de ſubir le meſme ſuplice que celuy qui auoit commis
cette fauſſeté à ſa ſollicitatiõ : depuis que
par ordie exprés de ſa Sainteté cette fauſſe
Bulle a eſté arrachée du Bullaire par M.
Tarnaiſe : & depuis qu'enfin le bruit public a rendu cette fauſſeté de Maſcambruny ſi notoire dans toute l'Egliſe, qu'il n'y
a perſonne qui ait eſté tant ſoit peu in-
formé des differens des Preſtres de la Doctrine Chreſtienne, qui puiſſe l'ignorer.

Et en effet ſi celuy qui ſe voudroit ſeruir
d'vne Bulle qu'il ſçauroit auoir eſté reuoquée, quoy que d'ailleurs elle euſt eſté le-
gitimement obtenuë, ne pourroit point,
ſelon le ſentiment des Docteurs, euiter le
crime ny la peine de fauſſaire, attédu qu'il
feroit paſſer pour valide vn inſtrumét qu'il
ſçauroit auoir eſté inualidé par la reuocation ; combien plus doiuent

---

ᵘ Vnanimi conſenſu & ſententia
vna ſupradictum diploma , quod
hoc anno 1651. vt præmiſſum eſt
emauauit , de obreptione & ſubre-
ptione ſuſpectum cenſuimus, ac huiuſmodi proinde iudicauimus eſſe,
cuius executio iure ſuſpeudi poſſet
ac deberet, donec ſuper illius validi-
tate vel firmitate conſuleretur ſancta
ſedes cuius autoritatem pretexebat,
&c. ainſi ſigné , I. Charton peni-
tentiarius Eccleſiæ Pariſienſis. I.
Rouſſe Socius Sorbonicus Parochus
S Rochi Pariſienſis. I. Brouſſe
Doctor Theologus Concionator
Regius. R. du Val Doctor & Regius Theologiæ Profeſſor in Sorbo-
na. I. Pereiret Magnus Regij Collegij Nauarræ Magiſter & Profeſſor Theologus. I. Coqueret Doctor Theologus Collegij Graſſino-
rum in Academia Pariſienſi Prima-
rius. Fr. I. Nicolaï apud Prædi-
catores in Conuentus S. Iacobi pri-
marius Theologiæ Reg. Profeſſor.

ˣ Nonobſtantibus aliis ſub plumbo
die 27. Ianuarij emanatis literis ,
quas vti non cohærentes prioribus
noſtris & per fraudem obtentas, irri-
tas , inualidas & nullas eſſe, profeſ-
ſiones vero, & quidquid contra eo-
rumdem priorum noſtrarum literarum formam factum fuerit irrita
omnino & inania fore & eſſe itidem
declaramus. Datum Romæ apud S.
Mariam Maiorem 3. Aug. 1652.
Nicolaus ex comitibus Guidis à
Balneo, Dei & S Sedis Apoſtolicæ
gratia Archiepiſcopus Athenarum,
&c. fidem facimus & atteſtamur,
Bullam de anno 1651. pro ſtatu re-
gulari Congregationis Doctrinæ
Chriſtianæ emanatam , & fraudis
per breue Apoſtolicum de ann. 1652.
damnatam , fuiſſe vanam ex Bullis
Maſcambruny, propter ſuas frau-
des capitis damnati, &c. Datum
Pariſiis die 23 Auguſti 1653. ſigné,
Nicolaus Archiepiſcopus Athenarum Nuntius, Apoſtolicus.

eftre eftimez coûpables de ce crime les Preftres des maifons de S. Charles & de S.Iulien, qui fe feruent d'vne Bulle laquelle non feulement a efté reuoquée par le Pape, mais qui mefme a efté declarée frauduleufe & pleine de tromperie, comme fauffe & contraire à l'intention veritable de fes premieres declarations.

Il eft vray que ces Preftres ne demeurent pas d'accord de s'eftre feruis de la fauffe Bulle depuis qu'elle a efté condamnée par le Bref de 1652. Mais outre que c'eft auoüer la fraude de cette Bulle, en demeurant d'accord qu'ils n'ofent pas s'en feruir, bien qu'elle foit fi fauorable au deffein de leur pretenduë regularité, & partant auoüer qu'ils font les impetrans d'vne Bulle fauffe, puifqu'elle a efté obtenuë par leur Procureur; C'eft en vain qu'ils s'efforcent de perfuader à des perfonnes raifonnables qu'ils ne s'en feruent pas, puifqu'ils font appellans du Bref de 1652. expedié pour la condamnation de cette fauffe Bulle, & qu'ils ont perfifté iufques à prefent dans leur appel : puifque cette Bulle eft produite dans leur procés, & qu'ils en ont demandé l'enregiftrement au Parlement : puifqu'ils l'ont fait enregiftrer dans plufieurs Officialitez, & principalement dans celles de Narbonne & de Lodeue, où ils font paffer cette Bulle pour legitime, & le Bref qui luy eft contraire [2] pour vne furprife infigne : & enfin puis qu'ils executent tous les iours ce qui eft porté par cette fauffe Bulle en faueur de leur pretenduë regularité, faifant toûjours paffer leur Congregation pour reguliere, & pretendans d'eftre exempts de la iurifdiction des Ordinaires : En vn mot exerçans comme nous auons dit cy-deffus toutes les fonctions de ceux qui font veritablement Reguliers; & ainfi on ne peut tant foit peu douter qu'ils ne fe feruent de la fauffe Bulle, & n'ayent par confequent encouru l'excommunication fulminée contre ceux qui fe feruent de telles fauffetez.

F I N.